Rechtschreiben

Richtig schreiben – von Anfang an

Nina Bode-Kirchhoff
Erika Brinkmann
Jennifer Reiske

1/2

verlag für pädagogische medien

INHALT

*Hier wird der Bereich „Sprache und Sprachgebrauch untersuchen" einbezogen.

Datum: ____________________

SCHREIBE

P I N G U I N

Datum:

SCHREIBE

SCH I L D K R Ö T E

Datum:

SCHREIBE

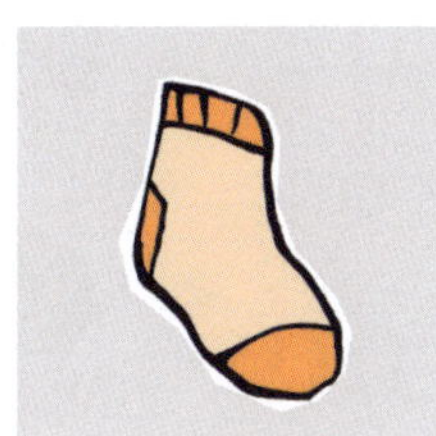

Datum:

SUCHE: SCH EI AU EE SP Ä ST EU TT PF

KREISE EIN

der  HUBSCHRAUBER

das  EINHORN

die  BEULE

die  SPINNE

der  SEESTERN

der  WASCHBÄR

der  RITTER

das  BAUMHAUS

das  NILPFERD

Unterschrift der Lehrkraft WEITER GEHT'S!

Datum: ____________________

LIES

WÖRTERBRAUCHENPLATZ.

WÖRTER|BRAUCHEN|PLATZ.

WÖRTER  BRAUCHEN  PLATZ.

WÖRTER BRAUCHEN PLATZ, DAMIT MAN SIE BESSER LESEN KANN!

TRENNE DIE WÖRTER. SCHREIBE DIE WÖRTER.

WORT|WORTWORTWORTWORTWORTWORTWORTWORT

WORT WORT

____

TRENNE DIE WÖRTER. SCHREIBE DEN SATZ.

DAS|KIND|MALT.

DAS KIND MALT.

DERBALLROLLT.

____

TRENNE DIE WÖRTER. SCHREIBE DEN SATZ.

DERHUNDBELLT.

DASAUTOISTROT.

KÖNNENKINDERFLIEGEN?

DIEKATZEMAGMÄUSE.

DERHIMMELISTBLAU.

DIEKINDERESSENGERNEEISUNDSCHOKOLADE.

Datum:

TRENNE DIE WÖRTER. SCHREIBE DEN SATZ.

SPINATISTGRÜN.

SINDTOMATENROT?

TRENNE DIE WÖRTER. SCHREIBE DIE GESCHICHTE.

EINE SCHLANGEN-GESCHICHTE
VON RASMUS

DIE|SCHLANGE|LEBTIMWALD.

DIE

SIEFRISSTGERNEMÄUSE.

ABERSIELAUFENIMMERWEG.

Unterschrift der Lehrkraft WEITER GEHT'S!

Datum:

Große **BUCHSTABEN** auf **PLAKATEN** und **SCHILDERN**

LESEN
MACHT SCHLAU

VOGEL-POST

SCHNELLER
ALS DER WIND!

KATZEN MÖGEN
MAUSI-BREI

MALE EIN PLAKAT.

Datum:

Große **BUCHSTABEN** auf **PLAKATEN** und **SCHILDERN**

MALE EIN SCHILD.

Datum: ____________

GROßE BUCHSTABEN

ABCDEFGHIJKLMNOPQRSTUVWXYZ

ZÄHLE DIE BUCHSTABEN. ES SIND: ____________

SCHREIBE ALLE GROßEN BUCHSTABEN.

A

Kleine BUCHSTABEN

abcdefghijklmnopqrstuvwxyz

ZÄHLE DIE BUCHSTABEN. ES SIND: ____________

SCHREIBE ALLE KLEINEN BUCHSTABEN.

a

Datum: ______________________

VERBINDE

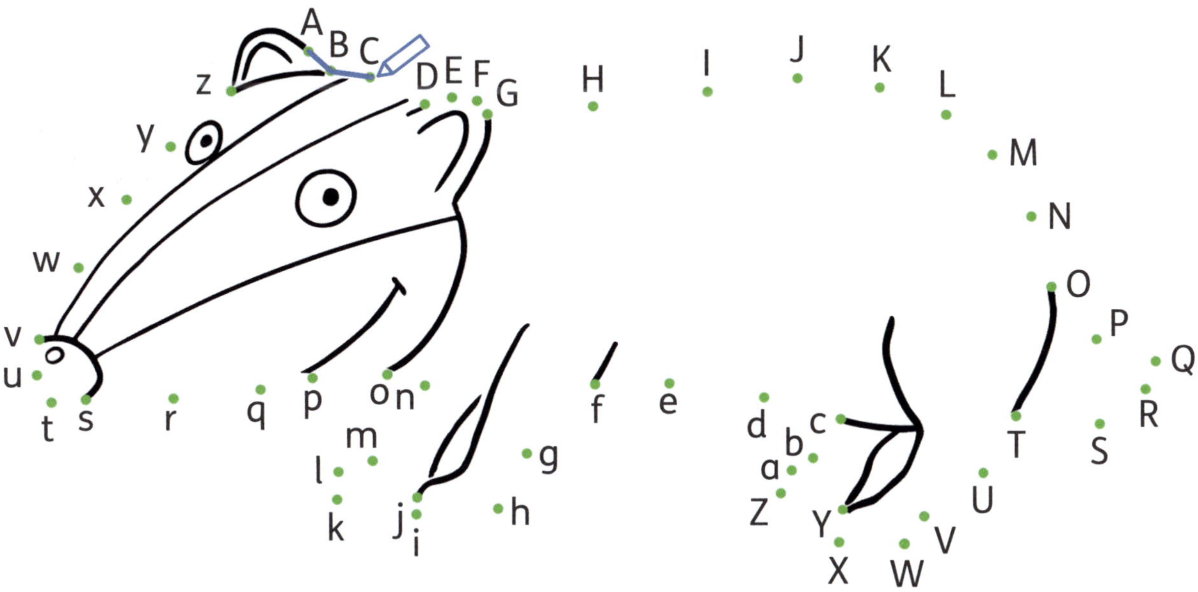

VERBINDE

A B C D E F G H I J K L M N O P Q R S T U V W X Y Z

b o c f g a h i w j k d l p y e n m q u s t r v z x

Unterschrift der Lehrkraft ______________________ WEITER GEHT'S!

Datum: ____________________

Male und schreibe

ich

Das bin **ich**. Ich **heiße**: ____________________

Schreibe

Du bist meine Freundin:

____

du

Du bist mein Freund:

____

Das sind **wir**.
Wir gehören zusammen.

wir

Schreibe ein Dreh-Diktat.

1. Lies die Wörter im Kasten.

ich du wir und in zu war auf der die das ein auf
dann sie von für uns mein mich mir aber wieder
auch dein dich dir noch nach immer vor alle kann
einmal auf doch bei schon wenn wann zu nicht
plötzlich ganz etwas danach viele unter sind über mit
schön klein groß bei auch hatte noch zu wurde sagte

2. Schreibe 20 Wörter.
Gehe dabei so vor:

Wähle ein Wort aus. Du kannst es einkreisen.

Merke es dir.

Blättere um.

Datum:

Schreibe das Wort auf.

auf ✓

Vergleiche.

Richtig? Mache einen Haken: ✓
Falsch? Streiche es durch und schreibe es richtig daneben.

Diktiert euch die Wörter gegenseitig und **schreibt** sie in euer Heft.

Kontrolliert die Wörter.

Was ist ein Satz?

In einem **Satz** passiert meistens etwas.

Datum: ____________

Am Anfang von einem Satz schreibt man groß.

Schreibe die Buchstaben am Satzanfang.

T iger brüllen laut.

___ nten können schwimmen.

___ ananen schmecken gut.

___ inder sind schlau.

___ apageien plappern gern.

___ ama kann singen.

___ inosaurier sind ausgestorben.

Am Satzende macht man einen . **Punkt.**
Oder man macht ein ! **Ausrufezeichen.**
Oder ein ? **Fragezeichen.**

Satzzeichen

Trenne die Sätze.

tiger brüllen laut | enten können schwimmen bananen schmecken gut kinder sind schlau papageien plappern gern mama kann singen dinosaurier sind ausgestorben

Schreibe die Sätze und mache am Ende einen Punkt.

Tiger brüllen laut.

Datum: ______

Nomen schreibt man groß.
Alle **Namen** von Lebewesen und Dingen,
die man sehen, anfassen oder zählen kann,
sind **Nomen**. Zum Beispiel: 1 Maus, 2 Katzen, 3 Wolken.

Schreibe Namen auf. **Namen** schreibt man groß!

So heiße ich:

______

Dies sind Namen von Kindern in meiner Klasse:

______ ______

______ ______

______ ______

______ ______

______ ______

______ ______

______ ______

______ ______

______ ______

Schreibe noch mehr Namen auf.

Weißt du, wie deine Oma heißt? ______

Oder deine Cousine? ______

Oder dein Papa? ______

Mama	Onkel	Oma	Opa
Bruder	Cousin	Schwester	Papa
Nichte	Tante	Opi	Omi
Cousine	Uroma	Uropa	
Neffe	Freund	Freundin	

Mache eine Liste: Wer heißt wie?

Mama: ______

Datum: ____________

Schreibe die Wörter mit großen und kleinen Buchstaben.

Verbinde Wort und Bild.

Male das Bild aus.

Tipp!
Alle Namen von Lebewesen und Dingen, die man sehen, anfassen oder zählen kann, sind **Nomen**. Zum Beispiel: 1 Maus, 2 Katzen, 3 Wolken.

das KAMEL das Kamel ○

die ENTE ____________ ○

die BRILLE ____________ ○

das HAUS ____________ ○

die AMEISE ____________ ○

der VOGEL ____________________

der KAKTUS ____________________

der ZAUBERER ____________________

die BIENE ____________________

das AUTO ____________________

der FROSCH ____________________

die PALME ____________________

Verbinde Wort, Bild und Artikel.
Schreibe die Wörter in den richtigen Kasten.

Tipp!
der – die – das
Zu jedem Nomen gehört ein Artikel.

Löwe	
Katze	
Huhn	
Sonne	
Mond	
Stern	
Haus	
Gabel	
Baum	

der
Löwe

die
Katze

das
Huhn

Suche 10 **Nomen** aus dem Wörter-Kasten heraus und schreibe sie richtig auf.

Tipp!
Alle Namen von Lebewesen und Dingen, die man sehen, anfassen oder zählen kann, sind **Nomen**.

auf krokodil im laufen hinter besser holen riese
eklig singen taschentuch gut gefährlich spinne im
schlafen rot wolke eng neu haus humpeln nein baum
auch ich nacht bei pfote neugierig eis mutig katze
kratzen komisch drache tief höhle tauchen vogel
klettern dach ja vorsichtig liebe fein springen mond
schnell toll pferd schwer fenster über

Fast alle Wörter schreibt man klein.
Nur **Satzanfänge** und **Nomen** (Namenwörter) schreibt man **groß**.

Datum:

Schreibe die Geschichte richtig auf.

Daran musst du denken:

- Überlege zuerst, wo ein Satz zu Ende ist.
- Beginne am Satzanfang immer groß.
- Lasse Lücken zwischen den Wörtern.
- Schreibe die Nomen groß.
- Mache am Ende von jedem Satz einen Punkt.

in einer tiefen höhle wohnt ein
monster | das monster braucht
eine taschenlampe es fürchtet
sich ohne licht

Datum:

Trenne die Sätze.

Tipp!

Denke daran:

der elefant hat einen rüssel | die fliege hat auch einen rüssel sie hat sechs beine der elefant hat zwei beine weniger du hast zwei beine wie viele beine hat eine spinne

Schreibe die Sätze.

Unterschrift der Lehrkraft

Weiter geht's!

Datum: ______________________

Ordne nach dem ABC.
Verbinde Buchstabe – Wort – Bild.

Bank, Orange, ~~Astronaut,~~ Ring, Laterne, Computer, Esel, Sofa, Motorrad, Gespenst, Wolf, Qualle, Xylofon, Jäger, Dusche, Yak, Kran, Nest, Fliege, Paket, Tür, Uhr, Vogel, Haus, Zahnbürste, Imker

A	der Astronaut	
B	die ______	
C	der ______	
D	die ______	
E	der ______	
F	die ______	
G	das ______	
H	das ______	
I	der ______	
J	der ______	
K	der ______	

L	die ________________	
M	das ________________	
N	das ________________	
O	die ________________	
P	das ________________	
Q	die ________________	
R	der ________________	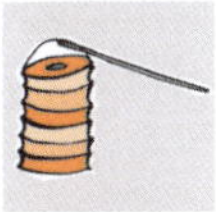
S	das ________________	
T	die ________________	
U	die ________________	
V	der ________________	
W	der ________________	
X	das ________________	
Y	der ________________	
Z	die ________________	

Datum: ______________________

Ordne nach dem ABC.

~~A~~ ~~B~~ C D E F G H I J K L M N O P Q R S T U V W X Y Z

die Mücke	1. Bett
der Hase	2. ______
die Feuerwehr	3. ______
~~das Bett~~	4. ______
die Wespe	5. ______
das Lasso	6. ______
die Robbe	7. ______
der Kran	8. ______
das Quartett	9. ______
die Gitarre	10. ______
die Säge	11. ______
der Vulkan	12. ______

Welches Wort kommt im Alphabet zuerst:

Nudeln  oder Nacht  ? ______________________

Datum: ______________________

Ordne nach dem ABC.

ABCDEFGHIJKLMNOPQRSTUVWXYZ

das Mädchen	1.	______________
die Qualle	2.	______________
der Adler	3.	______________
der Papagei	4.	______________
die Katze	5.	______________
der Salamander	6.	______________
das Nashorn	7.	______________
der Lolli	8.	______________
der Baum	9.	______________
das Zelt	10.	______________
das Herz	11.	______________

Welches Wort kommt zuerst:

Dino  oder Dreirad  ? ______________

______________ Unterschrift der Lehrkraft   Weiter geht's!

Datum: ______________________

Vokale (Selbstlaute) sind besondere Buchstaben.
Sie bringen die Wörter zum Klingen.
Jede **Silbe** in einem Wort braucht einen Vokal.
Die Buchstaben Aa, Ee, Ii, Oo, Uu sind **Vokale**.
Auch die **Umlaute** Ää, Öö, Üü und die **Zwielaute** au, äu, ei, eu gehören dazu.

Schreibe die Vokale.

Beispiel:

das Krokodil

die T___m___t___

der J___g___ ___r

der P___r___t

der F___ßb___ll

das M___t___rr___d

der L___g___ ___n

das Kr___k___d___l

die L___t___rn___

der H___bschr______b___r

das Fl___gz______g

der F___llsch___rmspr___ng___r

A-Seite

Sucht weitere Wörter mit **A/a**.

Anna, Anfang, Lama, Kanada, Ananas, Amanda, als, am,
Kamm, Schaf, hat, Gras, Karl, aß, trank, Bad, Salat, fad,
da, krank, schlank, stank, stand, Wand, Hand, Mama, klar,
ganz, blass,

Fallen euch noch mehr Sätze ein,
in denen nur der Vokal **A/a** vorkommt?

Mama sagt ja.

Datum:

E-Seite

Sucht weitere Wörter mit **E/e**.

Esel, Hexe, essen, Fee, elf, See, entfernen, drehen,

fressen, edel, schwer, treten, sechs, Nelken, stehen,

Degen, legen, bewegen, Meer, Besen, fegen, segeln, geben,

flehen, hexen, Dreck, keck, necken, selten, Kegel, Enkel,

Fallen euch noch mehr Sätze ein, in denen nur der Vokal **E/e** vorkommt?

Sechs Hexen lesen.

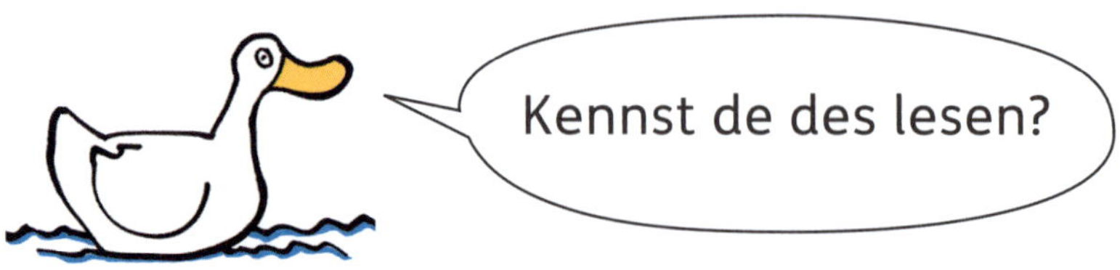

I-Seite

Sucht weitere Wörter mit **I/i** und **ie**.

Iris, im, Iltis, ich, Kinn, Milch, frisch, Tier, will, schicklich, fit, kritisch, sie, still, bin, wirklich, sind, Wind, Stier, Knirps, Wink, Spiel, viel, Sinn, richtig, schief, wichtig, schlimm, lieb, winzig,

Fallen euch noch mehr Sätze ein, in denen nur der Vokal **I/i, ie** vorkommt?

Iris trinkt viel Milch.

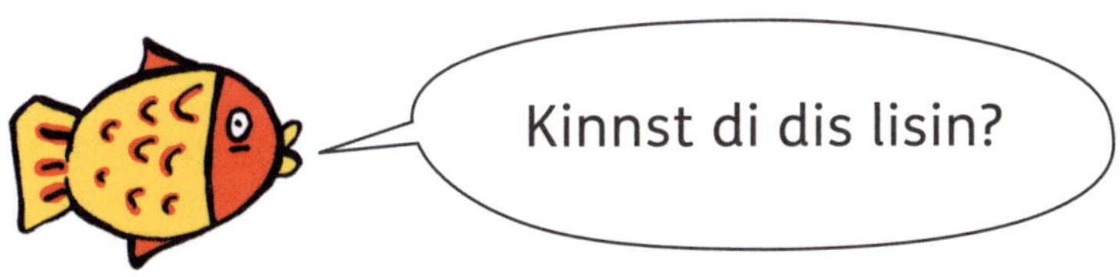

Faustregel
Wenn das i lang klingt, wird es meistens **ie** geschrieben.

Datum:

O-Seite

Sucht weitere Wörter mit **O/o**.

Otto, kommt, Sohn, Chor, toll, hopst, Floh, Ohr, so, klopft,

droht, froh, dort, Kobold, voll, wohnt, fort, doch, Po, vor,

Loch, hoch, solo, Mops, kocht, Lohn, Lob, Mond,

Fallen euch noch mehr Sätze ein,
in denen nur der Vokal **O/o** vorkommt?

Otto kocht toll.

ottos mops
ottos mops trotzt
otto: fort mops fort
ottos mops hopst fort
otto: soso

otto holt koks
otto holt obst
otto horcht
otto: mops mops
otto hofft

ottos mops klopft
otto: komm mops komm
ottos mops kommt
ottos mops kotzt
otto: ogottogott

Ernst Jandl

U-Seite

Sucht weitere Wörter mit **U/u**.

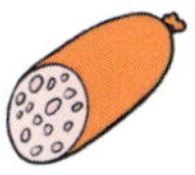

Hund, rund, bunt, und, kurz, krumm, dumm, Hut, Wut,

Kurt, Wurst, guckt, knurrt, Uhu, Ruth,

Fallen euch noch mehr Sätze ein,
in denen nur der Vokal **U/u** vorkommt?

Kurts Hund knurrt.

Datum:

Wörter, in denen das i lang klingt

Vokale können lang oder kurz klingen.

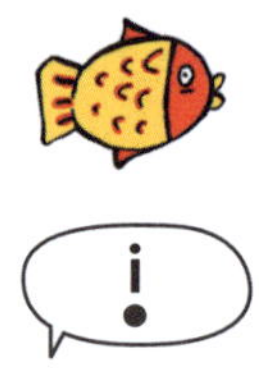

Kreise Bild und Wort ein, wenn das i lang klingt wie in 

die Biene
der Fisch
die Fliege
der Tisch
die Schildkröte
der Tiger
die Brille
der Biber
die Wiege

die Kirsche
der Ring
der Ritter
die Ziege
der Dieb
der Stiefel
die Spinne
der Spiegel
der Stier

Tipp!
Denke an das Vergleichswort für i: 

Datum: ______________________

Schreibe die Wörter auf.

die Ziege

Kreise das i und das ie ein.

Zähle die Wörter mit i : ________

Zähle die Wörter mit ie : ________

Faustregel
Wörter, in denen das i lang klingt, werden fast immer mit ie geschrieben.
Wenn du dir unsicher bist, schreibe lieber mit ie .

Datum:

Wörter mit ä

Wortfamilie

Es gibt Wörter, bei denen weiß man nicht sofort, ob sie mit e oder ä geschrieben werden. Kennst du ein verwandtes Wort mit a, schreibe ä.

Wörter, die ein verwandtes Wort mit a haben:

Gänse  → Gans 

→

→

→

→

→

→

Wörter mit äu

Wortfamilie
Es gibt Wörter, bei denen weiß man nicht sofort, ob sie mit äu oder eu geschrieben werden.
Kennst du ein verwandtes Wort mit au , schreibe äu .

Wörter, die ein verwandtes Wort mit au haben:

Häuser  → Haus 

→

→

→

Fallen dir noch mehr Wörter ein?

→

→

Datum:

Konsonanten (Mitlaute)

___ B C D ___ F G H ___ J K L M N ___ P Q R S T ___ V W X Y Z

Diese Buchstaben heißen **Konsonanten** (Mitlaute).
Für manche Laute braucht man zwei oder drei Konsonanten:

Sch

wie in **Sch**af 

Ch

wie in **Ch**amäleon 

oder wie in **Ch**ampignon 

-ch

wie in Bu**ch** 

oder in El**ch** 

oder in i**ch** 

-ng

wie in Schmetterli**ng** 

Das Q oder q taucht nie alleine auf.
Beide gehören immer mit dem u zusammen: Qu/qu

K___nnst d___ d___s l___s___n?

___n d___s___m T___xt f___hl___n d___

V___k___l___.*

* Kannst du das lesen? In diesem Text fehlen die Vokale.

Datum: ______________________

Schreibe deine(n) Vornamen und deinen Nachnamen auf.

Vorname(n): ______________________

Nachname(n): ______________________

Welche Vokale kommen darin vor?

Vokale: ______________________

Welche Konsonanten kommen darin vor?

Konsonanten: ______________________

Beispiel: PAPAGEI
Vokale: A, A, EI
Konsonanten: P, P, G

___a___ ___ ___ ___ ___u ___a___ ___e___e___?

I___ ___ie___e___ ___e___ ___ ___e___ ___e___ ___ie

___o___ ___o___a___ ___e___.**

** Kannst du das lesen? In diesem Text fehlen die Konsonanten.
(Das kann man nicht lesen, sondern nur erraten. Hier fehlen alle Konsonanten. Ohne Konsonanten kommen wir in der deutschen Sprache nicht aus.)

 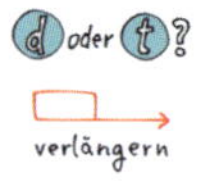

Datum:

Verlängern
Es gibt Wörter, bei denen weiß man nicht sofort, ob sie mit t oder d geschrieben werden. Kalt und Wald klingen am Ende gleich. Verlängere die Wörter, dann kannst du hören, ob du t oder d schreiben musst: kälter, Wälder ...

Wörter, in denen man beim Verlängern ein d hört:

Wald  → Wälder 

→

→

→

→

Wörter, in denen man beim Verlängern ein t hört:

Elefant  → Elefanten 

→

→

Verlängern
Auch g und k klingen am Wortende gleich. Verlängere die Wörter, dann kannst du hören, ob du g oder k schreiben musst:
Ber g e, Wer k e ...

Wörter, in denen man beim Verlängern ein g hört:

Zwerg  → Zwerge 

→

→

→

Wörter, in denen man beim Verlängern ein k hört:

Schrank  → Schränke 

→

Verlängern
Auch b und p klingen am Wortende gleich. Die**b** und lie**b** klingen am Ende wie p. Verlängere die Wörter, dann kannst du hören, ob du p oder b schreiben musst: Die b e, Lie b e ...

Datum: ____________

Mein ABC

A ____________

B ____________

C ____________

D ____________

E ____________

F ____________

G ____________

H ____________

I ____________

J ____________

K ____________

L ____________

M ____________

N ____________

O ____________

P ____________

Qu ____________

R ____________

S ____________

T ____________

U ____________

V ____________

W ____________

X ____________

Y ____________

Z ____________

Beispiel:

Computer

Vulkan

Qualle

Yak

Datum: ____________________

Schreibe die Wörter.

 der Hun__	die ______ 
 der ______	die ______ 
 die ______	die ______ 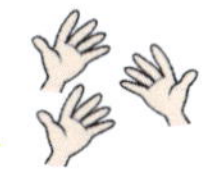
 der ______	die ______ 
 der ______	die ______ 

Schreibe die Wörter.

 die ______	der ______ 
 die ______	die ______ 
 die ______	die ______ 
 die ______	das ______ 

Ergänze die Wörter.

Der R______ber raubt ein Fahrra___. 

Die B___ckerin backt Ku______en. 

Das Pfer___ frisst Bro___. 

______________________ Unterschrift der Lehrkraft Weiter geht's!

Wortfamilien

Auch Wörter haben eine Familie.
Wörter, die zu einer Familie gehören, sind sich ähnlich.

In diesem Kasten findest du Wörter aus den Wortfamilien:

fahr en **back** en **lauf** en

Fähre, Auflauf, Bäcker, Vorfahrt, auslaufen, Fahrrad, Läufer, Backofen, Wettlauf, vorlaufen, befahren, überbacken, Lauf, ausbacken, Fuhrwerk, Gebäck, verlaufen, Backblech, zulaufen, Fahrzeug, Backwerk, Läuferin, überfahren, weglaufen, Fahrverbot, Laufzeit, verfahren, Laufrad, Führerschein, Einfahrt, überlaufen, Bäckerei, Laufschuh, anfahren, Bäckerin, Lauffeuer, Backzutaten, anlaufen, Zulauf, herumlaufen

Tipp!
Manchmal verändert sich in einer Wortfamilie ein Vokal:
aus a wird ä, aus au wird äu, aus o wird ö,
aus u wird ü, aus a wird u (z. B. fahren – er fuhr).

Welche Wörter gehören zu einer Familie? Schreibe sie auf.

back en

fahr en

lauf en

Kreise in jeder Wortfamilie die Ähnlichkeiten ein.

Beispiel:
Wortfamilie: fahr en

Fahrbahn, Fuhre, fährt

Datum: ____________

Zusammengesetzte Wörter: ein Wort-Baukasten

Suche immer zwei Wörter im Wort-Baukasten,
die zusammen ein neues Wort ergeben.
Schreibe sie auf.

Bein	Bank	Schlüssel	Holz	Tür	Stuhl
Schloss	Auto	Gummi	Sitz	Tisch	Wolke
Reifen	Hammer	Sommer	Baum	Vogel	Nacht
Bär	Ring	Burg	Ritter	Schirm	Mauer
Schiff	Wurm	Garten	Räuber	Höhle	Berg
Knopf	Regen	Mantel	Papier	Bogen	Gespenst
Mond	Haus	Rüstung	Band	Eis	Ferien

Beispiel:
Regen + Schirm ⟶ Regenschirm

Regenschirm

Wähle immer ein Wort aus dem Wort-Baukasten. Ergänze es durch ein anderes Wort, das du dir überlegt hast. Du kannst das Wort vorne oder hinten ergänzen.

Tipp!

Viele Wörter lassen sich zum Beispiel mit dem Wort **Haus** zusammensetzen:

Haustür
Wohnhaus
Baumhaus

Beispiel:

Gummi ⟶ Daraus kannst du Kaugummi oder Gummitwist machen.

Kaugummi
Gummitwist

Versuche möglichst lange zusammengesetzte Wörter aufzuschreiben.

Fahrradschlossschlüsselloch

Quatschwörter

Im Kasten findest du verschiedene Nomen.
Setze möglichst lange Quatschwörter zusammen.
Zähle die Silben.
Du kannst auch andere Nomen verwenden.

Wunsch, Automatik, Geld, Spielzeug, Flug, Roboter, Hamster, Fahrrad, Baum, Kuchen, Wunder, Nudel, Bein, Haus

Wunschnudel 3

Datum: ____________________

Schreibe das Wort und kontrolliere.
Schreibe dann das Wort noch einmal richtig ab.

Kreuze an.

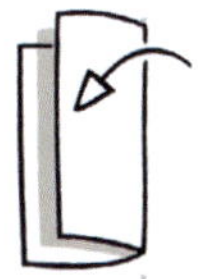

Diese Buchstaben habe ich auch.

Apfel
✓ Apfel

der 

E i s b ä r
□ □ □ □ □ □

____
✓ ______________________

der 

S o n n e
□ □ □ □ □

____
✓ ______________________

der 

F i s c h
□ □ □ □ □

____
✓ ______________________

der 

W a l d
□ □ □ □

____
✓ ______________________

der 

R a u p e
□ □ □ □ □

____
✓ ______________________

der 

H e x e
□ □ □ □

____
✓ ______________________

Tipp!

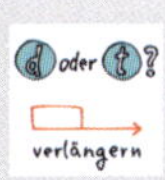

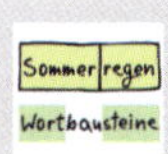

Datum:

Kreuze an.

Diese Buchstaben habe ich auch.

Schreibe das Wort und kontrolliere. Schreibe dann das Wort noch einmal richtig ab.

A p f e l ☒☒☒☒☒

der ______

✓ ______

P a n d a ☐☐☐☐☐

die ______

✓ ______

B a u m ☐☐☐☐

der ______

✓ ______

M o n d ☐☐☐☐

der ______

✓ ______

L ö w e ☐☐☐☐

die ______

✓ ______

E s e l ☐☐☐☐

die ______

✓ ______

Tipp!

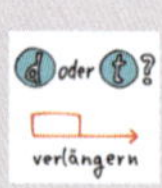

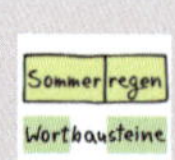

Datum: ____________________

Schreibe das Wort und kontrolliere.
Schreibe dann das Wort noch einmal richtig ab.

Kreuze an.

Diese Buchstaben habe ich auch.

____________ ✓ ____________	der		S t e r n ☐☐☐☐☐
____________ ✓ ____________	der		P f e r d ☐☐☐☐☐
____________ ✓ ____________	das		Z i e g e ☐☐☐☐☐
____________ ✓ ____________	die		E u l e ☐☐☐☐
____________ ✓ ____________	der		F l i e g e ☐☐☐☐☐☐
____________ ✓ ____________	die		S c h r a n k ☐☐☐☐☐☐☐

Tipp!

Datum:

Kreuze an.

Diese Buchstaben habe ich auch.

P i r a t
☐☐☐☐☐

H u n d
☐☐☐☐

S c h a f
☐☐☐☐☐

K a t z e
☐☐☐☐☐

K u c h e n
☐☐☐☐☐☐

M ä u s e
☐☐☐☐☐

Schreibe das Wort und kontrolliere.
Schreibe dann das Wort noch einmal richtig ab.

der ______
✓ ______

das ______
✓ ______

die ______
✓ ______

die ______
✓ ______

die ______
✓ ______

der ______
✓ ______

Unterschrift der Lehrkraft